삶을 그리다

성경자 시집

시음사
시사랑음악사랑

시인의 말

손때가 묻고, 모서리가 누렇게 변한 공책들
하루도 빠짐없이 써 내려간 나의 일기장을 보물처럼 간직해 오시고
늘 시집처럼 곱씹으며 읽으시고, 웃고, 우셨던 친정어머니
나에게 "잘 보았단다." "고맙다." 는 말씀을 하셨다.

등단 소식을 접하던 날
어머님의 운구를 마치고 장례식을 준비하다 전화를 받았지요.
그러기에 첫 시집의 의미는 남다르기에 어머님께 시집을 받칩니다.

안녕하세요,~ 성경자입니다.
여러 선배님, 문우들의 예쁜 시집을 받아보면 욕심은 생기지만
선뜻 결심이 서지 않았습니다.
하지만 용기를 내고 준비를 하면서 오래전 쓴 글을 접하니 많이 부끄럽고 보잘것없이 느껴졌답니다.
부족하지만 예쁘게 봐주시고 아낌없는 뜨거운 응원 부탁합니다.

첫 단추를 여미었으니
남은 단추도 서두르지 않고 천천히 여미겠습니다.
부족함이 많은 제게 첫 시집의 의미는 그 무엇과 바꿀 수 없습니다.

문우님의 많은 격려와 용기를 주셨기에 탄생한 시집이니
만큼
앞으로도 열심히 노력하겠습니다.

시인 성경자

시를 담아 캐리어를 끄는 성경자 시인

끊임없는 자기 계발과 프로정신을 갖춘 여성을 커리어우먼이라 한다. 즉 망설임이란 찾아볼 수 없이 당당하고 자신에 대한 자신감과 모든 일 처리에 있어 여유로 가득한 직장여성을 말할 때 주로 표현하는 말이다. 현대를 살아가는 남자, 여자를 떠나 같은 사람으로서 모두가 평등한 세상에 사는 요즘 시대는 커리어우먼이란 단어가 별로 특별하지도 않다. 하지만 아직은 우리 정서에 여성은 집에서 살림만 하는 엄마, 누구의 아내로, 현모양처이기를 바라는 것이 현실이다. 이런 시대를 살고 있는 여류작가는 남성보다 더 힘든 삶을 살아가고 있을 것이다. 성경자 시인을 말하려면 가장 먼저 떠오는 단어가 커리어우먼이다. 그래서인지 성경자 시인의 작품을 보면 힘이 있고 그러면서도 특유의 여성 작가의 섬세함까지 보여주고 있다. 사물을 관찰하고 파악하는 기본적인 자세를 갖추고 사물을 바라봄에 있어 남다른 시각을 가지고 있는 성경자 시인이다.

시인이 한 권의 저서를 발표하기 위해서는 자신을 세상에 보여 주는 일이며 또한 문학을 사랑하는 독자에게 지침서가 되는 일이다. 그만큼 신중하게 몇 번의 퇴고를 걸친 다음에야 한 권의 시집이 탄생한다. 성경자 시인의 이번 작품집 "삶을 그리다."를 보면 문학작품이 주는 객관적 예술성과 우리가 살면서 겪어야만 했던 또는 필연적으로 만남에서 느껴야만 했던 사랑, 이별, 슬픔까지도 충실히 보여주려 하고 있다. 문자를 그림으로 그림을 문자로 시인의 자아를 보여주려는 노력과 함께 세상을 살아가는 이야기들을 진솔하게 그리고 있다. 성경자 시인의 작품 중 "그리운 어머니"는 노래로 만들어져 대중 문화예술에도 도전하면서 눈으로 보는 시에서 귀로 듣는 노래, 시낭송까지 여러 장르를 넘나든다. 성경자 시인은 "명인 명시 특선시인선"에 선정되기도 하고 이달의시인과 금주의 시로도 선정되면서 활발한 활동을 보여주고 있는 시인이다. 첫 시집으로 독자와의 만남을 시작한 성경자 시인의 "삶을 그리다."를 추천한다.

사단법인 창작문학예술인협의회 이사장 김락호

스마트폰으로 **QR** 코드를 스캔하면
시낭송을 감상할 수 있습니다.

 제목 : 가을바람 부는 날
시낭송 : 박영애

 제목 : 그리운 어머니
시낭송 : 박태임

 제목 : 나뭇잎 하나
시낭송 : 최명자

 제목 : 봄은 저만치 오는가
시낭송 : 박영애

 제목 : 상처
시낭송 : 박순애

 제목 : 희망찬 내일을 위해
시낭송 : 박순애

목차

목차

목차

목차

나뭇잎 하나

침묵이 잠자는 시간
나뭇잎 하나
기지개를 켜고 일어난다.

일상 속에서
길을 잃고 방황하며
스스로 아픔을 배우는 중이다.

더러는 찢기는 아픔도
더러는 사랑의 아픔까지도
더러는 떨어지는 아픔까지도,

바람 따라 날지 않아도 좋다
모든 아픔을 배워야 하기에
오늘도 나는 방황한다.

제목 : 나뭇잎 하나
시낭송 : 최명자
스마트폰으로 QR 코드를 스캔하면
시낭송을 감상할 수 있습니다.

나의 하루

하루의 일을 시작하는
많은 사람 사이에
출근길 발걸음은 가볍다.

서로 기분 좋은 눈인사
안부의 말 한마디에
계절의 향기가 퍼진다.

어느새 해는 팔베개를 하면
온몸은 소금이 서걱거리고
내 주머니는 점점 비워져 간다.

시간 위에 삶을 그리다

아직 어둠이 걷히지 않은 새벽
나에게 또 하나의 길이 열리면
부딪히고 멍들어야 할 길에
마음 언저리에 파문이 일렁인다.

웃을 줄만 알았던 시간 위에
스산한 바람이 불어오고
빛이 바래도록 삶을 그리면
흰 여백은 한 편의 시가 된다.

어느새 찻잔이 비워지면
또 하루가 채워지겠지,
오늘도 삶을 그리기 위해
시간 위를 흔들리며 살아간다.

행복한 겨울나기

밤새 비스듬히 누워 잠자던 햇살이
내 손바닥 위로 살며시 쏟아져 들어오면
슬슬 가족의 겨울나기 준비를 한다.

행복을 담을 배추는 준비되었고
뜨거운 열정을 닮은 고춧가루
톡톡 쏘는 마음을 닮은 마늘도 준비

정과 뜨거운 마음 사이에
적절한 배합으로 쪽파와 갓 무도 준비
재료를 한곳에 넣고 정성껏 버무리고
한 통씩 쌓여가는 행복이 참 예쁘다

매서운 바람 따라 겨울이 깊어 가면
우리의 행복은 점점 익어가고
소소한 이야기 속에 웃음꽃이 피어난다.

가을이 지다

가을이 깊어 갈수록
떨어지는 낙엽은
추억을 회상하고

알알이 맺힌 열매들은
붉은빛을 토해내며
황금빛 색으로 물들어 간다.

겨울로 향하는 가을은
비를 쏟아내며
시간 속으로 스며든다.

이 좋은 가을날

들판은 노랗게 영글어가고
은빛 출렁이는 억새꽃 사이로
불어오는 바람도 향기롭다

어디든 발길이 머무는
곳으로 떠나고 싶은 계절
기억에 담을 추억을 찾아 나서면

내리는 빗소리 따라
우산 손잡이는 묘하게 흔들리고
찰박찰박 들길을 걸어본다

이렇게 좋은 가을날
이보다 좋을 수는 없겠지,

엄마 없는 하늘 아래

엄마 없는 하늘 아래
멀리서 별똥별 하나
긴 여운 속으로 사라지고

밤의 공간 속에 서툰 몸짓으로
슬픔에 찢긴 하얀 꽃잎 위로
눈물은 알알이 그 속에 맺힌다.

아직도 기대고 싶은 맘속엔
진통을 겪고 어렵게 맺혀진
열매처럼 단단하게 여물지만

엄마의 얼굴 가득하던
미소를 닮고 싶어 가만히
하늘을 올려다봅니다.

가을이 오고 있어요,

얇게 드리워진 상념
하늘엔 구름이 흩날리고
귀뚜라미 소리와 함께
가을은 살며시 찾아온다.

뜨거운 햇살의 열기에
길게 늘어진 그림자도
가녀린 코스모스처럼
가을바람에 그네를 탄다.

노을 지는 저녁 하늘 멀리
황금빛 오후를 쏟아내고
풍년을 바라는 마음처럼
가을은 점점 익어가겠지,

봄이 오는 길목에서

눈이 녹은 길섶에선
소곤소곤 까르르 톡톡
연둣빛 여린 새싹들이
낮은음으로 토론 중이다.

봄볕에 파란 보리밭길
풀 향기 코끝을 스치며
포근한 남풍은 따라서
아지랑이 틈새로 밀려든다.

실개천 흐르는 물 위에
잿빛 구름 한 조각 떠가고
겨우 내내 찌든 내 마음에
봄은 어디만큼 오고 있을까,

숲속의 여름

시리도록 푸른 하늘
눈부신 아침을 쏟아내고
보리수 열매는 점점 익어간다.

마음을 깨우는 초록의 향연
고요함의 적막을 깨는 종소리는
살며시 바람의 소리를 전한다.

뜨거운 땡볕 아래 굽이쳐 흐르던 여울
여름이라는 깊은 그늘을 드리우고
잊히지 않을 추억을 그려본다.

영원한 나의 애인

늘 곁에 있어도
없는 듯 고요하고
멀리 떠나 있어도
곁에 남는 그림자

비바람 부는 날에도
눈보라 치는 날에도
늘 따스한 체온으로
함께 하는 존재입니다

거친 인생 고갯길을
끌어주며 밀어주는
사랑하는 당신은 나의
영원한 애인입니다.

가을날의 자화상

비 내리는 거리
바람에 휘청거리듯
고요한 내 마음
흔들어 댑니다.

색 바랜
우산 위로 잊힌 추억
하나, 둘씩 내려앉으면
가을은 깊어만 가고

돌아오지 못할
나의 외로운 추억
길 위에 하나씩
끄집어내렵니다.

한낮의 더위

숨이 막힐 듯
한낮의 더위 콧등에
몽글몽글 땀이 맺힌다.

흐르는 땀방울이
어느덧 턱을 지날 때면
서서히 해는 저물겠지

뉘엿뉘엿
사그라지는 해님도
가쁜 숨을 고르러 가나 보다

가을비 오는 날에

감나무 잎 사이로 흐르는
시린 가슴에 뜨거운 눈물은
가을비 타고 한없이 흘러내린다.

찌든 마음과 멍든 가슴을
가을비로 예쁘게 몸단장하고
처연히 들꽃으로 피어나고 싶다

들길에 허수아비 옷깃 적시는
가을비에 흔들리는 들꽃처럼
풀벌레 울음소리에 가을이 온다.

초가을의 문턱 넘어 저만치
그리운 그대 오시는 길목에서
들꽃 향기 가슴에 안고 기다릴게요.

침묵의 두려움

언제부터인가
울고 싶을 때 울지 못하고
떠나고 싶을 때 떠나지 못하는 난
살아가는 것이 두렵다

소리 없이 내리는 비는
나의 마음을 더 여리게 하고
빗소리는 아픈 가슴을 후비며
빈 가슴속에 차오릅니다.

나의 가슴 속 안에
소유하고 있는 침묵
작은 공간 속에 두려움에
두 눈을 꼭 감는다.

홀로 가야 하는 길

길모퉁이 후미진 곳
추억 따라 서성이다
마음 가득 채웠던 추억
백설에 멈추어 잠들었다

아깝지 않은 추억 모두
내리는 흰 눈에 모든 것을
내어주고 사라지고 싶다.

당신은 나의 운명

난 당신에게
모든 것을 내어주고도
뜨거운 열정이 숨을 쉬는
가슴이 있어 행복합니다.

내가 보고 느끼는
수많은 삶 속에서도
당신의 온화한 미소는
어쩔 수 없는 내 운명입니다

세월을 품었던 마음에
사랑이 머물다 가면
겨울 담장 넘어 눈길 위에
당신의 발길이 머뭅니다.

봄

영원히
머물 것 같은

화려한
봄은 떠나도

삶의 흔적은
영원히 남는다.

가슴에 내린 봄

바람과 손잡고
꽃길을 따라 걸어가면
어느새 봄은 가슴에 머문다.

하늘이 내려앉은
푸른 세상이 살랑이면
가슴 가득 화사한 꽃을 피운다.

진실

나는 진실 앞에
초라해진 자신의
존재를 깨달았다

내 몸에 걸쳐진
위선을 도려내듯
역겹게 토해낸다

지금도, 공간 속에서
울부짖는 나의 그림자
긴 여운 속으로 사라진다.

늘 나에겐~

은빛 출렁이는 억새꽃 사이로
잠시 스치다 사라지는 바람처럼
삶은 흔적 없는 과거와 같지만
아름다운 향기로 머물기도 하고
때로는 어여쁜 꽃으로 피어난다.

어두운 긴 터널을 나와
맑은 환희가 가득하던 그런 날도
추억 보듬고 가슴 저리며 살아가는
해맑은 모습의 웃음으로 삶을 만들면
늘 나에겐 오늘이 새로운 인생이다.

늘 그랬던 것처럼

시리도록
푸른 하늘이
구름 흩날리고

보람의
기쁨이 웃음을
지으며 머문다.

두 눈을 감고
삶을 향해 나간다.
늘 그랬던 것처럼,

밤하늘의 침묵

창문을 열고
어두운 하늘을
바라보았다

잿빛 하늘은
침묵하며 뒤돌아
눈물을 애써 감춘다.

오직 하나뿐인
네 추억 보듬고
가슴 저리며 사는 나

네 모습 항상
내 곁에 자리 잡고
이별의 아쉬움 남긴다.

가을비

한 조각, 한 조각
숨은 그림 조각처럼
가을이 오는 소리 들린다.

가을비에
몸 새 단장 하고 우리
꽃이 되고, 바람이 되어

황금빛 옷자락
적시는 가을 소리에
귀뚜라미 소리와 함께

문턱 넘어오는
당신의 가을 향기에
내 마음 들꽃으로 남는다.

들길 따라서

한줄기 작은 미련이
계절이 점점 깊어 갈수록
가을볕에 아픈 산통을 겪으며
산야의 농익은 가을을 토해 낸다.

가을 하늘 저편으로
하얀 새털구름이 떠 있고
내 마음 언저리 저편으로
터질 듯 분홍빛 감들이 익어 간다.

바보같이 웃고 있는
두 팔 벌린 옷깃 사이로
스쳐 가는 갈바람 음미하며
난 머리카락 날리며 들길을 간다.

사랑하는 사람아

사랑하는 사람아
세월의 기다림 끝은
한낮 한 잔의 커피처럼
식는 줄 모르더이다.

그리운 사람아
시골 둑길에서 살며시
그대 어깨에 기대어 당신과
나눈 사랑이 오늘 그립습니다.

보고 싶은 사람아
아무 조건 없이 준 사랑
지금껏 내가 살아가는 힘이며
영원히 가슴에 묻어둘 사랑입니다

잊지 못할 사람아
언제나 푸릇한 하늘 위에
당신이 빛으로 남아있는 까닭은
영원히 가슴에 두고 싶은 이유입니다.

이별의 사연들

가을빛 편지지에
이별의 사연들이
내 그림자 속으로
하나둘 내려앉는다.

중년의 어깨 위에
구멍 뚫린 낙엽 하나
귓가에 속삭이며
살며시 길을 묻는다.

떠나간 산길 너머
내 임이 오시려나,
애간장을 태우며
겨울 길목을 서성인다.

영원한 나의 동반자

밥그릇 두 개
국그릇 두 개
식탁 위는 외롭지 않다

서로의 눈빛은
달콤한 솜사탕처럼 부드러운
당신은 나의 영원한 동반자

가진 것 없는 소박함으로
당신의 손 위에 나의 열정
그대에게 모두 드리고

당신과 나에게
세월이 우리 곁에 다가오면
보랏빛으로 물들어 갈길 모르네,

사랑하는 당신
우리 맞잡은 두 손
부대끼며 영원히 함께해요

내 삶의 행복

내 생의 행복은
마음 문이 열리면서
사랑이 싹트기 시작했다

책장을 넘길 때
예쁜 너의 흔적들이
나의 가슴을 뛰게 한다.

저벅저벅 걷는 발길
어느새 구름 위를 향해
마음 가득 날갯짓한다.

그대 가슴에 언저리
한쪽에 걸쳐진 세상에
아름다운 사랑을 꿈꾼다.

바람에 띄운 사연

찬바람에
하나둘씩 떨어진
그리움 모두 모아
그윽한 차 속에 넣어
애절한 사연 마신다.

하늘도 서걱거리는
마음을 아는지
헤매는 낙엽 보듬어
날아가는 철새에게
모두 실어 보냅니다.

난 당신에게
모든 것을 내어주고도
뜨거운 열정이 숨을 쉬는
가슴이 있어 행복합니다.

내 생의 행복은
마음 문이 열리면서
사랑이 싹트기 시작했다.

갈잎에 낮은 흐느낌이

냉기 실은 갈바람은
무언의 몸부림치며
또 다른 계절을 부르고

벌거벗은 나뭇가지에
분홍빛 감이 대롱대롱
가을빛 하늘에 안쓰럽다.

퇴색 빛 쌓인 갈잎들에
낮은음에 흐느끼면 따라
까치 한 쌍이 서럽게 운다.

12월 첫 출근길에

여명이 밝아 오는 아침
차분히 뒤를 돌아보며
한해의 삶을 설계해본다

찬바람 스치는 많은 상념
두려움에 떨던 하루의 삶
내 가슴에 파문이 일렁인다.

이루어야 할 많은 소망이
또다시 시발점 될지라도
난 새해에 달콤한 꿈을 꾼다.

아침 살며시 내린 첫눈
하얀 사랑 발자국 남기며
뽀득 뽀드득 출근길 나선다.

밤새 하얀 사랑이

늦가을 비가 짓궂게
추적추적 내리던 날에
성급한 갈바람 심하게
나의 창문을 흔들어댄다.

갈 곳을 잃은 낙엽들
채색된 풀 섶에 모여서
지난밤 난상토론 하더니
길 떠날 봇짐 쌌나 보다

어차피 떠날 이 가을도
단잠 설치더니 떠나고
곤히 잠든 밤 하얀 사랑
창가에 살며시 다녀갔구나.

상처

삶을 에는 바람도
무섭게 내리는 장대비도
나는 견딜 수 있다.

처참히 짓밟히고
많은 비수가 등에 꽂혀도
나는 참을 수 있다.

한발씩 내딛던 발걸음
잠시 더디게 나갈 뿐
나는 멈추지 않는다.

살면서 더한 고통도
견디며 살았기에
나는 자신을 믿는다.

 제목 : 상처
시낭송 : 박순애
스마트폰으로 QR 코드를 스캔하면
시낭송을 감상할 수 있습니다.

어디로 가야 하나

쳇바퀴 돌듯 억 겹의 세월
털어 내지 못한 많은 삶에
잔상들이 목 놓아 흐느낍니다.

스쳐 간 많은 날의 눈물
가슴에 타고 남은 재가 되어
이제는 아픔도 무뎌져만 갑니다.

가슴 아파지는 추억 저편에
내 마음에 너를 묻을 수 있다면
지는 낙엽 보며 울지 않았겠지요.

길 나서면 오라는 곳 없어도
어디론가 한없이 떠나고 싶은데
갈 길 몰라 이정표 앞에 서성입니다.

그리움

저만치
먼발치에서
널 바라만 볼게

널 말없이
바라만 보다
마냥 그리워할게

그리움도
그냥 그대로
곁에 있어 주렴

부탁할게
안 되겠니
그냥 그렇게라도

아버지의 뒷모습

아버지의 뒷모습은
낭떠러지처럼 보인다.

멍들고 피맺힌 삶이
위태롭게 버텨준 세월이
참 힘겨워 보인다.

작아지는 뒷모습은
아버지의 울부짖는 몸짓처럼
초라해지는 존재를 깨달으며

난 낭떠러지 앞에서
내 몸에 걸쳐진 위선과 탐욕의
껍질을 벗겨내는 중이다.

소중한 하루의 결심

계절이 열리는 아침
내게도 하나의
계절이 열린다.

한가락의
바람결에도 부딪치고
멍들어야 할 길 위에

수없이 지나는
사람들의 그림자를
두 손에 담아본다

풋내나는
나의 결심 영원히
함께 벗하고 싶다

기대어서야 할
이 길 위에 겸손으로
성숙함과 기쁨을 얻는다.

잠 못 이루는 밤

비가 내리면
주저리주저리
무슨 이야기가
그리도 많은지

일상에 찌든
하루의 지친 몸
쉽게 잠들지 못해
눈을 감기도 두렵다

엷게 드리워진
나에 한줄기 미련도
부대끼는 삶 속에서
붉은빛을 토한다.

잊히는 슬픔

길을 가다 문득

나뒹구는 낙엽을 보면

눈물이 난다

울음이 나는 이유는

그건......

아픔보다는

잊히는 슬픔이기에...

당신의 존재가 있기에

아파했던 숱한 시간은
나를 더 뻔뻔하게 하였고
이젠 계절이 바뀌어도
나의 각인된 당신이 되었다

당신 그리워 뒤척이며
잠 못 이루는 하얀 밤을
먹빛으로 머리 감으며
그리움에 긴 터널을 살았지

남촌에 꽃, 바람 불어도
내 마음 한 켠에 자리한
당신의 존재가 남아 있어
난 봄의 길목을 서성입니다.

달무리

은빛 달무리 속에
그대 따스한 미소는
마음에 사랑으로 다가오고

티 없이 청순했던
그대와 지난 추억들은
늘 그리움으로 밀려옵니다.

달무리 뜨는 날이면
그대 향한 마음 하나로
살며시 행복에 젖어 봅니다.

가을이 오려나

하얀 뭉게구름 떠 있는
그 사이사이 파란 하늘이
눈이 시리도록 깊고 푸르다.

코스모스 핀 언덕 위엔
가을 전령의 고추잠자리가
초가지붕과 토담을 넘나들고

산비둘기 앞산 너머 구구
밤나무 숲에 메아리쳐 오고
저만치 가을은 오고 있는가.

가슴에 담은 여름

하루가 한 달처럼 긴 여름
햇살이 사방으로 뻗칠 때면
굽은 가는 허리 팔로 버티며
늙은 지아비 텃밭으로 향한다.

거칠게 갈라진 손바닥 위에
가을 햇살에 야무지게 익은
풋고추, 상추가 소복 쌓이면
따가운 열기 잠시 숨을 고른다.

한 조각 떠가는 구름 사이로
오늘도 고단한 삶의 애환들을
가득 담은 세월을 곱씹으면서
긴 여름 등을 보이며 떠나간다.

독백

세상에 태어나
요즘처럼 초라함을
느낀 적이 있을까

숨 가쁘게 앞만 보고
달린 세월 나 자신이
한심스럽게 느껴진다.

태양을 가린 손바닥
가녀린 그늘 사이로
하얀 날개를 퍼덕인다.

스스로 묻는다.
내가 숨 쉬는 이 순간
후회 없는 삶인가 하고,

오늘은 오일장에 간다.

푸성귀 가득한 오 일 장터
할머니가 다듬던 앞치마에
하얀 도라지 소복 쌓여 있고
애호박 몇 개 앙증맞게 놓였다.

목소리 큰 생선 장수도 있고
빨간 물고추가 눈에 보인다.
이왕에 나선 김에 김장대비
고추 15근 사다 옥상에 말릴까,

김 오르는 천막의 장터 국밥집
장터 상인들 점심때 인가보다
배고프던 참에 순대 몇 줄 썰어
사람 냄새나는 국밥 먹고 가야지.

가을 속으로

보름달은 은빛 가루 뿌리고
고개 숙인 벼 이삭 사이
새끼 고추잠자리 잠이 든다.

여명이 밝은 가을 땡볕에
들녘은 알알이 익어가고
밤나무 숲에 다람쥐 숨차다.

마음 한편에 가득한 상념
귀 뜨리 합창 속에 맴돌아
갈바람 타고 한없이 떠간다.

꽃구름

온새미로 머물던 꽃내음
가려진 해거름 사이로
참붉이 꽃노을로 사라진다.

엷게 낀 열구름
구름 한 점 두둥실 떠가고
하늬바람 가지등에 앉는다.

가장이에 기대어
햇발을 모람모람
두 눈에 안다미로 벗하고 싶다.

#순 우리말
온새미로; 언제나, 변함없이 / 꽃내음; 꽃의 냄새
해거름; 해가 거의 넘어갈 무렵 / 참붉이; 진홍빛
꽃노을; 고운 색깔로 붉게 물든 노을 / 열구름; 지나가는 구름
하늬바람; 서쪽바람, 여름바람 / 가지등; 가로등
가장이; 나뭇가지의 몸 / 햇발; 사방으로 뻗친 햇살
모람모람; 이따금씩 한데 몰아서 / 안다미로; 그릇에 넘치도록 많게
벗; 마음이 서로 통하여 가깝게 사귀는 사람

가을날의 자화상

가을비 내리는 거리에
갈바람은 맴돌아 날고
잔잔한 내 마음 언저리에
낙엽이 하나둘 흩어집니다.

빛바랜 낡은 우산 위엔
잊힌 추억들이 살며시
기억 저편에 내려앉으면
가을은 유랑의 길 떠나겠지요

차라리 두 손을 흔들며
떠나는 가을 배웅하지만
등 보이는 이별이 서러워
두 눈에 이슬만 흘러내립니다.

시간 저편에 가을을 지운다.

서랍 깊숙이 작년 가을의 추억들
외롭게 주인의 손길을 기다리지만
고운 추억 날아갈까 봐. 마음 졸이며

금방이라도 떨어질 듯 낙엽에
옛 추억들이 주마등처럼 스쳐 가고
창살 넘어 가을 햇살이 고개를 내민다.

가슴을 쓸어내리던 아픈 추억들
뜨거운 눈물이 흐르던 상처까지도
주섬주섬 쓸어 담아 마음 한켠에 담아

퇴색된 물기 마른 구멍 난 나뭇잎들
창백한 모습으로 가을을 지워가며
갈바람에 이별이 서러워 온몸을 턴다.

나의 삶으로 다가온 당신

무심코 그린
동그라미 속으로
살며시 다가온 그대

풋풋하던 젊은 날
사랑을 위한 그대와의
발걸음도 즐거웠지

살며시 품에 안기어
넘쳐흐르는 행복은
성숙한 향기로 남는다.

꼭 감은 눈망울에는
어느새 따스한 온기에
행복만을 소유한다.

아버지의 향기

앙상한 나뭇가지를 닮은
아버지의 어깨 위에
풀꽃 잎이 내려앉았다

투박하고 거친 손끝으로
향기 한 아름 꺾어
빛바랜 꽃병에 꽂으면

시리도록 푸른 하늘
한 점 구름도 흩날리고
옷자락 가득 향기 번져간다

기다림

나의 삶은
늘 기다림과
그리움의 연속이다.

만남이란
쓸쓸한 이별을
예약하는 것일까

너의 모습
온종일
내 마음을 맴돈다.

너를 향한
그리움이 있어
또 다른 꿈을 꾸며 산다.

사랑하기 때문에

작은 들 꽃잎마다 이슬을
알알이 담아 두고 푼 것은
당신을 아끼는 이유입니다

파란 하늘가 새털구름에
당신 모습이 떠 있을 때도
내 가슴에 묻어두고 싶어요,

그대에겐 작은 몸짓이지만
당신의 미소 볼 수 있다면
서툰 춤사위라도 보일까?

바람이 불고 눈비 오는 날
늘 그대 곁에 남고 싶은 건
당신을 사랑하기 때문입니다.

사랑하는 당신

늘 당당한 당신
늘 묵묵히 바라보며
세월의 삶만큼 흔들린다.

흔들리는 당신의 손을
살며시 잡고 같이 흔들리며
살아가는 나는 행복하다

당신의 두꺼운 안경 너머
바라보는 세상은 분명
시리도록 푸른 봄날이겠지

머물다간 햇살 저편에
당신과의 사랑은 영원히
가슴속 깊이 번져 갑니다.

봄날은 간다

흐드러지게 핀 꽃
봄바람은 살랑거리며
꽃들을 이리저리 흔들리고

봄 흩어지는 날
미소가 온 세상에 퍼지듯
꽃들도 흩어지겠지

피어있어 아름답기보다
지는 꽃이 아름다운 모습으로
너의 따스한 가슴에 남고 싶다

간절히 너를 원하기에
너의 모습을 지울 것이다
더 아름다운 모습을 위하여

그대는 사랑입니다

아침 햇살처럼
눈이 부셔 똑바로
바라볼 수 없습니다.

길가에 핀 꽃처럼
화려하지 않아도
아름다워 보입니다.

그리움까지 사랑한
내 작은 가슴에 영원히
묻어두고 싶은 이유입니다.

창

창은
외로운 사람의 모습

빗물이 부딪치던 날
외로움에 묵묵히 서 있다

가슴 안에 슬픔을 두드리며
맑은 환희를 소유하기 위해

창은 모든 계절을 살고
지금의 모습에 안정한다.

모든 외로운 이들의
아름다운 비밀을 간직한 채,

새벽안개 속에서

동녘 하늘이 밝으려면
아직은 이른 새벽에
자욱한 안개비 속으로
내 모습들이 흩어져간다

저 멀리 교회 종소리는
여린 가슴을 파고들고
서글픈 나의 삶 속으로
조용히 마음에 창을 연다.

상쾌한 새벽 공기 속에
숱한 상념들이 밀려드는
멈출 수 없는 나의 삶에
다른 작은 소망을 품어본다.

당신이 보고 싶은 날

꼭 닫은 입술
금방이라도 무슨 말을 할까
나는 시선을 떼지 못했었지,

촉촉하게 이슬이 맺혔던 두 눈은
조금이라도 더 아름다움을 담기 위해
쉴 새 없이 움직였었고

힘없이 뻗은 두 손은
아가의 손처럼 하얗고 보드랍지만
전혀 미동도 없었지

그렇게 그리움을 남기고 가신 세월 삼 년
괴로움과 슬픔은 목구멍에서 사라지고
대신 나는 오늘도 추억을 목으로 넘긴다.

얼룩진 추억들

고장 나 멈춘 시계처럼
밤하늘은 발걸음 따라
애절한 사연 쏟아낸다

빛바래 얼룩진 추억을
어느새 빈 술잔에 담아
한잔, 두 잔 마시면

후드득후드득
옷깃에 살며시 내려앉아
서걱거리는 마음 다독입니다.

가만히 두 눈을 감고
나지막이 속삭입니다.
한 송이 꽃으로 남고 싶다고,

난 알고 있습니다

난 알고 있습니다.

세월이 흘러
마음에 품었던

모든 것을

사랑하는 날

세상이
아름답다는 것을...

그리운 어머니

가만히 두 눈 감고
모은 두 손이 떨림은
당신 향한 그리움입니다.

겨울 담장 넘어
수많은 사연의 추억
서릿발 되어 다가옵니다.

멈춰버린 당신의 시간
고장 난 시계추는
긴 한숨만 허공을 떠돌고

마음 가득 채웠던
당신과의 추억 모두
바람에 띄워 보내렵니다.

어머니
당신이 그립습니다.
천국에서 편히 잠드소서...

제목 : 그리운 어머니
시낭송 : 박태임
스마트폰으로 QR 코드를 스캔하면
시낭송을 감상할 수 있습니다.

그리운 어머니

성경자 시
정진채 곡

나의 삶은
늘 기다림과
그리움의 연속이다.

가을비 내리는 거리에
갈바람은 맴돌아 날고
잔잔한 내 마음 언저리에
낙엽이 하나둘 흩어집니다.

남풍이 불 때면

잿빛 구름 떠가는
하늘가 저편 언덕엔
또 다른 계절을 예약한다.

수많은 아픈 사연은
차가운 칼바람에 실어
창 너머 날려 보내고

메마른 가지마다
촉촉이 젖은 수정들은
여인의 눈물처럼 매달린다.

봄은 저만치 오는가

겨우 내내 칼바람에
떨던 메마른 가지마다
여인의 눈물방울이
대롱대롱 매달리는 날

잿빛 구름 틈 사이로
배시시 눈부신 봄 햇살
얼굴을 살짝 내밀며
여심의 마음을 유혹한다.

겨울의 흔적 쌓인 풀숲
움 추렸던 마음 한쪽에
저만치 산길 어딘가 묻은
추억을 찾아 길을 나선다.

 제목 : 봄은 저만치 오는가
시낭송 : 박영애
스마트폰으로 QR 코드를 스캔하면
시낭송을 감상할 수 있습니다.

봄이 오는 길목에

버들강아지 고운 얼굴
솜털의 맺힌 이슬은
귀엽고 예쁜 미소가
봄 햇살에 눈이 부시다

낙엽 쌓인 얼음장 밑
졸졸 톡 톡 도르르
수정 알 구르는 소리
봄 오는 숨결이 들린다.

이끼 낀 바위틈 사이
남풍이 스쳐 지나면
계곡에 흐르는 물 위로
흰 구름 저만치 떠간다.

남촌 너머 저 산 아래
비단결 아지랑이 틈새
보리 냄새 코끝에 날고
봄은 내 마음에 안겨 온다.

남풍이 부는 언덕

마을 어귀 지나서
동구 밖 언덕에 앉아
잿빛 구름이 떠가는
파란 봄빛 하늘을 본다.

포근한 남풍이 부는
무너진 토담 밑에는
봄 햇살 머문 자리마다
파란 새싹이 얼굴 내민다.

과수원 뚝 길 돌아
순이네 외딴집을 지나
보리 내음 코끝에 나르고
여심은 남풍 따라 떠간다.

봄이 오는 소리

얼음장 밑으로
도르르 돌돌
예쁜 조약돌 위로
조르륵 졸졸졸

시냇가 버드나무
가지 끝 대롱대롱
해맑은 아기 미소
탐스러운 털북숭이

산새 한 마리가
재잘거리며
연둣빛 하늘 향해
사랑 노래 부른다

도르르 졸졸졸
바람 소리 새소리
시냇물 소리 따라
봄의 교향곡 흐른다.

아름다운 연인

창가에 놓인 꽃병에
장미 바라볼 때마다
닮았다고 웃던 그대
맑은 모습이 사랑스럽다.

거친 인생 고갯길에
힘겨워 지칠 때마다
두 어깨 토닥여 주며
지켜주는 당신 사랑합니다.

폭풍과 천둥 치는 날에
낙엽 지는 그런 날에도
포근한 둥지가 되어준
당신을 영원히 사랑합니다.

봄날은 가는데

흐드러지게 피는 꽃
봄바람은 살랑거리며
꽃들은 나의 볼을 스치며 가고

봄꽃이 흩어지는 날
해맑은 미소를 세상에 뿌리고
쓸쓸히 보도 위에 흩어지겠지

피어 있어 아름답기보다
지는 꽃이 아름다운 모습으로
너의 따스한 가슴에 남고 싶다.

너를 향한 간절한 사랑
꽃잎 하나둘 마음에 담아
이 세상 끝까지 간직하고 싶다.

당신 생각에

동그라미를
그리는 마음 안에
살며시 다가온 당신

당신 생각에
오늘도 이 밤은
하얗게 다가옵니다.

귓전에 스치는
바람결에 내 마음
모두 실어 보내니

바람 소리 들거든
깊은 이 밤 가만히
미소로 답해주오

이 밤 하얗게
머문 곳이 외롭지 않게
사랑한다고,

그대 가슴에 닿을 때까지

내 생의 행복은
마음 문이 열리면서
사랑이 싹트기 시작했다.

책장을 넘길 때
예쁜 너의 흔적들이
나의 가슴을 뛰게 한다.

저벅저벅 걷는 발길
어느새 구름 위를 향해
마음 가득 날갯짓한다.

그대 가슴에 언저리
한쪽에 걸쳐진 세상에
아름다운 사랑을 꿈꾼다.

빗물처럼

툭 툭 투 툭,
우산 위를 노크하는
빗줄기가 놀잔다.

하염없이
내리는 빗줄기에
너와 하나가 되어

흐르는 데로
약속이라도 한 듯이
따라가는 내 마음

모든 시름
다 잊고 방황하며
그대와 함께 흐른다.

산다는 것

창문 틈 사이로
비집고 들어오는
작은 희망의 햇살

내 몸에 걸쳐진
멍들고 지친 삶의
시린 가슴에 흐른다.

꺾일 듯 가여운
자신의 초라해진
존재를 깨닫는다.

그대 속눈썹에
걸린 세상은
얼마나 아름다운가!

햇살이 눈부신 날

고운 햇살 눈이 부신
가슴이 벅찬 날에
왠지 발걸음이 가볍다

스치는 바람결에
녹색 잎새의 입맞춤
누군가 올 것만 같아서

그것은 가슴 한쪽에
깊숙이 숨겨두었던
오직 나만의 사랑이었다.

소나기

우르릉 하늘이 무너질 듯
소나기 한차례 밟고 지나간
한 움큼에 운무가 앉아있는
습기 머 금 밤나무 숲길을 간다.

녹음의 향기 코끝에 나르고
마음 저편에 그리움들이
싱그러운 녹색 이파리마다
대롱대롱 이슬에 그리움 맺혀 있다

아득한 철부지 어린 시절에
소나기를 무척 좋아했는데
운무 속에 감추어진 동심의 세계를
회상하며 뜬구름에 실어 보낸다.

추억의 여정

오색별이 깜박이는 여름밤
선잠 깨어 창문을 바라보니
우수수 별들이 쏟아져 내린다

돌돌 풀벌레의 울음소리는
고요한 밤의 꿈길을 헤치며
여름밤 풀 섶으로 사라져 가고

계절이 바뀔 때 마음을 졸인
추억의 여정 어디쯤 멈출까
빛바랜 삶에 눈시울을 적신다.

여명

겨우내 푸른 잎을
자랑하던 나무여

울창하던 나뭇가지에
솜이불 살포시 앉았구나,

여명에 솜이불 거두어 내니
푸르름은 한층 더하는구나,

행여 꺾일세라
솜이불 살며시 내려앉는다.

고추잠자리 사랑을 싣고

새털구름 떠 있는 하늘가
고추잠자리 높이 날고
밤나무 숲 길지나 돌이네
지붕에 노란 박이 익어간다

우물가 텃밭에 빨간 고추
예쁜 아이 두 볼 닮았고
무너진 토담 넘어 저만치
고추잠자리 맴돌아 날아간다.

바보처럼 웃는 허수아비
어깨에 앉은 고추잠자리는
오롯이 내 가슴에 가득히
이 가을 사랑으로 익어간다.

가을바람 부는 날

상큼한 갈바람에
머리카락 날릴 때
내 마음 한 줌 보이면

나의 콩콩 뛰는
여심의 심장 소리에
화들짝 놀라 달아난다.

퇴색된 나뭇잎 사이
알알이 분홍빛 감이
가을 햇살에 익어가고

빙그레 웃는 허수아비
두 팔 벌린 옷깃 사이
가을바람이 스쳐 간다.

 제목 : 가을바람 부는 날
시낭송 : 박영애
스마트폰으로 QR 코드를 스캔하면
시낭송을 감상할 수 있습니다.

을미년을 맞이하며

무엇이 그리 서운했는지
또다시 한해가 도망치듯
등만 살짝 보이고 떠난다.

늘 매년 새해는 그러하듯
그리움을 주섬주섬 담아
야속하게 떠나야 하는지,

그 끝이 반환점 될지라도
을미년 새해 소망을 품어
밝은 태양을 향해 띄워본다.

을미년을 떠나보내다.

기쁨과 아픔 안겨준 을미년
그렇게 무심히 등을 보인 채
우리의 많은 추억 쓸어 담아
돌아올 수 없는 먼 길을 간다.

말도 탈도 많은 지나간 해
지치고 힘겨웠던 우리네 삶
텅 빈 마음에 미련이 남았나,
자꾸만 뒤를 돌아보게 한다.

새해에 품은 소망을 이룰지
아니면 시련 앞에 좌절할지
우린 그 끝을 알 수 없지만
태양을 향하여 희망을 꿈꾼다.

당신을 그리며

엄마의 꼭 닫은 입술
금방이라도 무슨 말을 할까
나는 시선을 떼지 못했었지,

촉촉하게 이슬이 맺혔던 두 눈은
조금이라도 더 아름다움을 담기 위해
쉴 새 없이 움직였었고,

엄마의 힘없이 뻗은 두 손은
아가의 손처럼 하얗고 보드랍지만
전혀 미동도 없었지,

벌써 그리움을 남기고 떠나신 지 삼 년
괴로움과 슬픔은 목구멍에서 사라지고
대신 오늘은 추억을 목으로 천천히 넘긴다.

꽃이 되고 싶다

처음 그대를
만나는 순간부터
향기 없던 내가
당신의 꽃이 되었다

그대 품 안에
작은 둥지를 틀고
오색 별빛을 세며
그렇게 살자고 했다.

우리의 삶은
끝은 알 수 없지만
눈빛으로 사랑하는
그대의 꽃이고 싶다.

꿈을 향하여

책장을 넘길 때마다
흰 여백이 많았던 어제

오늘은
여백 대신 꿈이라는 것이
그곳을 채워 가는 중이다.

한 페이지가
완성될 때마다 손톱 끝이
파르르 떨림은 행복이 아닐까,

삶의 여정
내 가슴은 약속하듯
한발씩 꿈을 향해 내딛는다.

사랑스런 그대

무더운 날이면
나무 그늘이
되어주던 그대

추운 날엔
활활 타오르는
열정도 함께 주었지

인생 반이란
세월을 같이한
사랑스러운 그대여

깊게 페인
이마에 굴곡진
삶마저 아름답다

이 밤
잠든 당신 모습이
이리도 아름다울까,

화사한 봄날

살랑 부는 봄바람에
꽃향기 코끝을 자극하고
향기에 취한 나는
이리저리 흔들리고 있다.

온 세상은 더없이 평화롭고
바람에 흔들리는 의자는
마냥 기분이 좋은가보다
두 팔 벌려 모든 이들을 환영한다.

나른한 오후
흔들리는 바람은
내 가슴속을 후비고 들어온다
어찌나 예쁜지 힘껏 팔로 안아본다.

창가에 놓인 꽃병에
장미 바라볼 때마다
닮았다고 웃던 그대
맑은 모습이 사랑스럽다.

너를 향한 간절한 사랑
꽃잎 하나둘 마음에 담아
이 세상 끝까지 간직하고 싶다.

단풍잎 하나

늦은 가을비에 가슴이 아파
붉게 토해낸 각혈처럼
핏빛으로 멍든 단풍잎 하나
어디로 가야 할지 헤매고 있다.

가을 내내 쓰린 가슴앓이
계절의 할퀸 아픈 상처가
아직도 아물지도 않았는데
그리움과 함께 떠나 버린다.

산과 들 곱게 물든 가을빛
단풍잎이 물들면 오신다던 임
가을은 먼 길 떠나려는데
내 임은 어디쯤 오고 계실까?

어느 가을날

비 오는 보도 위
낙엽이 뒹굴며
하나둘 이리저리
갈 길을 잃고 헤맨다.

퇴색된 이파리
색색 옷 갈아입고
먼 길 떠나려 하지만
이별을 준비를 못 했다.

빛바랜 앨범 속에
아픈 추억 하나
슬그머니 던져놓고
가을은 그렇게 떠난다.

어머님 떠나신 날

목련나무 가지에
하얀 눈도 서러운지
하나둘 떨어지던 날

사랑하는 어머님
하늘가 저편에
고이 모셔두고 왔다.

이별의 아픔이란
또 다른 만남을
예견 하다고 하지만

설날 먼 길 쓸쓸히
하얀 눈길로 떠나신
어머님이 그립습니다.

추억의 그리움을 보내며

옷깃을 파고드는
새벽 공기를 헤치며
북한산 도선사로 향한다.

오가는 사람의
발걸음은 천근만근
어제의 잔상이 남은 탓일까

아직 어두운 거리
가로등에 의지한 걸음은
점점 땅으로 주저앉는다.

사람 속에 휩싸여
소중한 추억을 묻어두기 위해
나는 도선사로 발길을 재촉한다.

한 남자의 연인이고 싶다

하루의 피곤함에 지친 그의 어깨에
따뜻한 나의 체온을 더할 때
행복해하는 그의 미소는
참 사랑스럽다

늦은 점심 행여 지나칠까
따뜻한 밥 한 끼 확인 문자에
큰 감동하는 그의 답장 한 통에
온 천하가 내 것이 된다.

갑자기 비라도 내리는 날
행여나 비 맞을까 문밖을 서성이다
낯익은 그의 모습에 가슴 벅참을 느낄 때
이것이 사랑임을 알아가는 중이다.

내 마음도 청춘이더라,

꽃, 바람이 불던 날
흔들리는 것이
청춘뿐이더냐

봄 향기 풍기던 날
어디로 떠나고 싶은 마음
청춘뿐이더냐

소리 없이 다가오는
사랑의 향기에 물드는 마음
나는 청춘이 되고 싶다

곱던 나의 육신
어느새 굴곡이 찾아와
내 마음도 청춘이 되고 싶어라,

나그네 별들의 몸짓

새벽하늘 끝에
아쉬운 듯 대롱대롱
매달린 별 무리

살랑 부는
바람에 떨어질까
바람마저 잠을 청한다.

희미해지는 별빛
앞산, 봉긋 솟아오르는
뜨거운 희망에
자리를 내어준다

한 페이지의
과거를 가슴에 안고
또다시 내일을 꿈꾼다.

봄의 향연

살랑 부는 봄바람에
꽃향기 코끝을 자극하고
향기에 취한 나는
이리저리 흔들리고 있다

온 세상은 더없이 평화롭고
바람에 흔들리는 의자는
마냥 기분이 좋은가보다
두 팔 벌려 모든 이들을 환영한다.

나른한 오후
흔들리는 바람은
내 가슴속을 후비고 들어오면
어찌나 예쁜지 힘껏 두 팔로 안아본다

영원한 동반자

무더운 날이면
나무 그늘이
되어주던 그대

추운 날엔
활활 타오르는
열정도 함께 주었지

인생 반이란
세월을 같이한
사랑스러운 그대여

깊게 폐인
이마에 굴곡진
삶마저 아름답다

이 밤
잠든 당신 모습이
이리도 아름다울까?

중년의 삶

내 나이 쉰
주름진 계곡에
인생의 굴곡 나이테

손마디가
굵어질 때마다
또 다른 세계가 보인다.

흘러내리는
들꽃의 눈물이
중년의 슬픔이던가,

이젠 알 것 같다
잡초의 몸짓이
바람결에 흔들리는지,

가을 향기

누구라 부를 이름 없는
중년의 처진 어깨 위에
빨간 단풍잎 하나둘씩
갈바람 타고 내려앉는다.

저절로 익어 떨어지는
달콤한 낙과 즙과 같이
가을은 내 마음 언저리
추억 속에 그리움이었다.

가을은 자신을 내어주고
앙상한 모습 몸을 털며
아득한 영혼 언덕 너머
떠돌던 마음에 안겨 온다.

하얀 그리움

눈이 내리는 날
하염없이 걸었지
쓸쓸한 모습 감추려는 듯
내 발자국 감추는구나,

가슴 한구석이
뚫린 듯 차가운 바람이
가슴을 파고들면
시린 마음도 흰 눈이 된다.

가냘픈 가지 위에
추억의 은빛 가루 앉으면
헤아릴 수 없는 많은 잔상이
기약 없는 여정의 길을 간다.

무엇이 보이는가

살고 싶은 욕망의 몸부림
난 그들에게서 한 가닥의
희망을 보았다.

희미하지만 하나의
실타래를 잡기 위해
울부짖는 그 소리를

병실 창문 넘어 세상은
이들이 누리고자 하는
소박한 희망이자, 삶이다.

중년의 향기

중간쯤 갔을까?
가도 가도 끝이 보이지 않는
중년의 이 길처럼

연지 곤지 찍고 설레는
가슴 안고 눈 깜빡이는 순간
향긋한 봄 향기 대신 삶이란
울타리에서 서성이고 있다.

기왕사 가는 걸음이라면
웃으며 가보자,
거울에 비친 희끗희끗한
흰 머리에 살아온 세월이 숨어있다.

희망찬 내일을 위해

작은 틈 사이로 들어오는 바람 소리는
왠지 구슬픈 사연의 노래같이 들리고
바스락 소리를 내며 낙엽을 밟으면
흘러가는 구름처럼 세월은 덧없어라

나무에 눈보라가 부딪치는 겨울날
하늘을 걷는 느낌처럼 거리 위에
내 발자국을 새기며 옷깃을 여민다.

앙상한 나뭇가지 사이로 바람이 불면
지나온 길 위에 이별의 아쉬움은 뒹굴고
내 손바닥만 한 작은 햇살도
언제나 감사한 마음에 발걸음 가볍다.

제목 : 희망찬 내일을 위해
시낭송 : 박순애
스마트폰으로 QR 코드를 스캔하면
시낭송을 감상할 수 있습니다.

인생

내 나이 쉰
주름진 계곡에
인생의 굴곡 나이테

손마디가
굵어질 때마다
또 다른 세계가 보인다.

흔들리는
잡초의 아픔도
중년이라 했던가,

이젠 알 것 같다
잡초의 몸짓이
바람결에도 흔들리는지,

9월의 달빛

가슴에 담아온
응어리진 사연 담아
합장을 하며 고개 숙인다.

그 많은 소원
묵묵히 담아 만삭이
되어버린 달이 안쓰럽다.

가지에 걸터앉아
세상만사 바라보는 얼굴에
세월의 잔주름만 늘어가고

달이 중천에 떠오르면
아쉬움은 걸쳐두고 발길 돌리는
내 그림자는 옛 추억에 스민다.

하루가 한 달처럼 긴 여름날

하루가 한 달처럼 긴 여름
햇살이 사방으로 뻗칠 때면
굽은 허리를 팔로 지탱하며
늙은 지아비 텃밭으로 향한다.

거칠고 메마른 손바닥 위에
뜨거운 햇살에 야무지게 익은
풋고추와 상추가 수북이 쌓이면
뜨거운 열기도 잠시 숨을 고른다.

한 점 흩날리는 구름 사이로
오늘도 삶의 애환이 설인
수많은 세월을 곱씹으면
그렇게 또 하루가 지나간다.

그건 사랑이야

바람 따라
소리 없이 흔들리는 건
흰 눈만이 아닌가 봐

솜사탕처럼
달콤한 내 사랑도
마음마저 흔들린다.

차곡차곡
가슴에 쌓아놓은
그대와의 추억

달콤한 포도주 한잔에
서로의 입맞춤으로
그대 사랑을 마신다.

겨울창 너머

잿빛 구름 떠가는
하늘가 저편 언덕엔
또 다른 계절을 예약한다

수많은 아픈 사연은
차가운 칼바람에 실어
겨울창 너머 날려 보내고

메마른 가지마다
촉촉이 젖은 수정들은
여인의 눈물처럼 매달린다

포근한 봄의 숨결은
내 마음 창가를 스치며
봄 오는 길목엔 남풍이 분다.

가을빛 추억

정적을 깨우듯
가을을 닮은 빗소리
새벽을 깨우고

가만히 귀 기울이면
풍경 소리에서 어머니의
구수한 이야기 쏟아지고

소중한 추억은 하나둘
가을 소리 따라서
세월도 예쁘게 익어간다.

새벽 풍경

밤새 소리 없이
내리던 하얀 눈
어느새 그치고
정적만이 흐른다.

캄캄한 어둠
자그마한 불빛에
놀란 별들은 저만치
하늘로 숨는다.

그 누구의
발길도 허락지 않던
눈길에 별들이
흔적을 남길 때

저만치
환한 햇살이
고개를 살며시 들어
아침 인사를 한다.

삶을 그리다.

이른 아침 재잘대는 새소리
요란하게 울려대는 알람 소리
눈부신 햇살은 어느새 나의 잠을
깨우듯 볼을 살며시 어루만진다.

구수한 된장찌개가 끓는 동안
밥솥의 추는 어지럽게 흔들거리고
사랑의 양념이 들어간 반찬도 뚝딱
가만히 입가에 미소를 지어본다.

오늘도 삶의 향기 한 움큼을 찻잔에 넣어
마시는 한잔의 여유가 행복처럼 느껴지면
계절의 품속에 한발씩 발자국을 새기면
나의 삶은 야무지게 익어간다.

가슴 한구석이
뚫린 듯 차가운 바람이
가슴을 파고들면
시린 마음도 흰 눈이 된다.

삶을 그리다

성경자 시집

초판 1쇄 : 2017년 4월 10일

지 은 이 : 성경자

펴 낸 이 : 김락호

디자인 편집 : 이은희

기 획 : 시사랑음악사랑

인 쇄 : 청룡

연 락 처 : 1899-1341

홈페이지 주소 : www.poemmusic.net

E-Mail : poemarts@hanmail.net

정가 : 10,000원

ISBN : 979-11-86373-66-8